ESSAI

DE

RHYTHMIQUE FRANÇAISE.

PAR J. A. DUCONDUT,

Ancien élève de l'École normale, ancien inspecteur
d'académie.

Extrait de la Revue de l'instruction publique.
(Janvier 1857.)

———

PARIS

LIBRAIRIE DE MICHEL LÉVY.

———

1857

Ch. Lahure, imprimeur du Sénat et de la Cour
de Cassation,
rue de Vaugirard, 9, près de l'Odéon.

ESSAI

DE

RHYTHMIQUE FRANÇAISE.

Voici un livre qui surprendra bien des musiciens et des poëtes. L'auteur publie une réforme complète de notre versification, et plus particulièrement de notre poésie lyrique, de nos vers chantés. Il nous révèle, ce que beaucoup de littérateurs ignorent, que notre langue est très-rhythmique. Dans la pratique actuelle, elle est la moins musicale de toutes les langues ; elle pourrait devenir la plus rhythmique, si l'on voulait seulement s'apercevoir ou se rappeler qu'elle possède un accent prosodique national supérieur à tous ceux des autres idiomes. L'auteur ne se borne pas à exposer sa théorie nouvelle, et à en démontrer spéculativement la vérité, il la prouve par des exemples et par sa pratique personnelle. Cinq mille vers de sa composition, parfaitement cadencés, rhythmés, viennent à la fin de son livre offrir la preuve la moins irrécusable de la possibilité de réaliser, quand on le voudra, sa théorie.

Nous allons suivre M. Ducondut à travers ce livre qui entraîne le lecteur au son de ces mots harmonieux : poésie, musique, chant, rhythme, noms aussi doux que ce qu'ils expriment.

La poésie, fille du chant et de l'inspiration, naquit de l'union du rhythme musical avec le langage accentué de la passion. Elle fut pendant bien des siècles uniquement *lyrique,* ou chantée au son des instruments. De nos jours, les Orientaux ne la séparent presque jamais de la musique. A l'origine des sociétés, avant l'invention de l'écriture, l'usage de la prose n'existant pas, les peuples ne pouvaient se léguer leurs traditions, leurs connaissances que par la parole ; ils les confiaient à la *poésie chantée,* dont la mesure et la mélodie les imprimaient dans la mémoire.

Plus tard, chez les Grecs, inventeurs du *mètre,* et chez les Romains, la musique et la poésie, par l'effet du progrès, relâchèrent leur lien. La dernière se divisa en trois genres principaux : le *lyrique,* modulé toujours par la voix et l'instrument ; l'*épique,* soumis à un récitatif mesuré par l'*accent musical,* sans être mélodique ; le *dramatique,* accompagné de chœurs et de danses. On le voit, le divorce de la poésie et de la musique n'était pas encore consommé. La séparation définitive entre les deux arts ne s'opère que dans les idiomes moins prosodiques de l'Europe moderne et civilisée : alors on voit d'une part une poésie *nombreuse,* mais plus ou moins libre, simplement *récitée ;* de l'autre, une poésie rhythmique, facultativement *chantée.*

Les anciens Grecs et les Latins, les Grecs modernes, les Allemands, les Anglais, les

Italiens, les Espagnols même, ont encore une poésie spéciale chantée, et possèdent au moins quelques espèces de vers lyriques d'un rhythme exact. Seuls, en Europe, nous ne pratiquons, sous le rapport lyrique, qu'une versification informe, née dans la barbarie du moyen âge, et nous n'avons pour le chant que peu ou pas de vers réguliers et d'une forme déterminée. Chose bizarre! le décasyllabe et l'alexandrin, dans la poésie *récitée*, ont une cadence sensible, tandis que nos vers prétendus lyriques sont purement syllabiques, et le rhythme en est abandonné au hasard, au caprice ou au goût du poëte.

L'alliance de la poésie et de la musique est rompue ; aussi l'auteur ne s'est pas proposé de la renouer : son but spécial est de faire cesser leur incompatibilité en offrant des exemples où le rhythme et l'identité du mouvement sont observés, en mettant d'accord la phrase lyrique avec la phrase musicale. La solution de ce problème, qui n'a pas été tentée en France depuis trois siècles, implique des modifications essentielles dans notre versification, et M. Ducondut en propose un certain nombre. Il trouve, par exemple, dans la division syllabique un usage qui rend les vers flasques et malsonnants : celui de faire une syllabe de plus que dans la prose dans les adjectifs en *ieux* et dans les substantifs en *ion*. Il signale une foule d'anomalies. Nous ne pouvons pas entrer dans tous les détails de cette critique si vraie, si savante ; le lecteur y trouvera de curieux enseignements.

Notre versification est hérissée de règles sur l'exactitude, l'insuffisance, la richesse, le croisement des rimes, et sur les choses accessoires et de pure fantaisie ; mais sur la constitution du vers nous n'en avons aucune. Pour nos vers lyriques, qui ont besoin d'un rhythme parfait, on nous dit qu'ils doivent avoir cinq, six, sept, huit ou neuf syllabes. C'est là toute la théorie ; il n'est pas question de l'*accent*, régulateur du nombre et de la mesure ; il tombe où il peut, ou même on ne le trouve point. C'est ici que nous allons faire connaître la découverte la plus importante de M. Ducondut.

Jusqu'à présent on ne semblait pas se douter que l'accent prosodique jouait un rôle dans notre versification sous les noms de *rime* et de *césure*. Le système de M. Ducondut est basé sur *l'accent national*, et sur la régularité des syllabes *accentuées* et *inaccentuées*. Il n'est pas question de ressusciter la métrique ancienne, comme l'a cru la *Revue de Paris* dans son compte rendu du 1er décembre, il y aurait folie à l'appliquer à la prosodie moderne. Les langues, de nos jours, n'ont pas de syllabes longues ou brèves, elles n'ont que l'accent.

On a cru que le français n'en avait point, ou que du moins il était si faible qu'il ne pouvait pas se faire sentir dans le rhythme. Il est vrai que dans le nord de la France et à Paris on accentue bien moins le langage qu'en Italie et dans notre midi. Le climat ou la civilisation ont pour effet d'affaiblir avec l'expression du sentiment l'accent national.

Mais il est positif que l'accent existe en français, et nos vers, régulièrement cadencés, sont aussi chantants que ceux des autres peuples. Le rhythme n'est puissant qu'autant qu'il se prolonge, et c'est de lui surtout que l'on peut dire : *vires acquirit eundo*. Eh bien ! quels sont les pieds propres à la langue française ? Ce sont les deux plus beaux : l'ïambe et l'anapeste, expression naturelle de la vivacité et de l'impétuosité française, ils sont innés et dominants dans notre idiome.

Le génie prosodique de notre langue a produit spontanément ces beaux vers anapestiques chez M. de Lamartine :

J'ai vécu — j'ai passé — ce désert — de la vie,
Où toujours — sous mes pas — chaque fleur — s'est
[flétrie,
Où toujours — l'espéran — ce abusant — ma raison,
Me montrait — le bonheur — dans un va — gue hori-
[zon.

L'accent se trouve dans ces vers sur la troisième syllabe, et chaque vers a quatre accents très-distincts. Il est bien rare de trouver dans notre poésie *récitée* des vers d'un rhythme parfait ; sans doute on ne peut pas lui en faire une loi constante ; lorsque le poëte le rencontre, on peut dire que c'est par hasard.

Mais c'est surtout dans la poésie chantée que le chaos existe. Dans notre système musical, on a fait du poëte un *parolier*, comme dit Gérard de Nerval.

La tendance de l'accent français est de frapper constamment les finales ; il en ré-

sulte l'harmonie propre du vers et son asso-
ciation sympathique avec le chant. Voilà
deux faits incontestables dont personne avant
M. Ducondut n'avait remarqué la connexion
nécessaire. Cela tient à la constitution de
notre langue, dans laquelle l'accent prosodique peut tomber régulièrement avec l'accent musical sur la dernière syllabe des
mots, le plus souvent masculine, naturelle-
ment forte et frappée. On peut alors, sur
cette finale masculine, faire des appuis de
voix, pratiquer la tenue ou la cadence, traî-
ner les sons ou les détacher à volonté et
sans inconvénient, parce qu'elle est la dernière, que le mot est achevé et l'esprit sa-
tisfait comme l'oreille. Par là, il n'y a jamais
ni *contre-temps* ni *contre-sens*. Mais ce qui
rend encore le rhythme plus indispensable à
nos vers chantés qu'à ceux des autres nations, ce sont nos *finales féminines*, notes
essentiellement *levées* et de *passage*, et dont
il est impossible de faire des notes *frappées*
et d'harmonie sans nuire à la musique et à
la poésie. Les Italiens et les Espagnols n'ont
pas cet inconvénient; le musicien, à défaut
de toniques, trouve au moins des syllabes
masculines et sonores quoique faibles. Ainsi
triōm—fo, aurō—ra, tandis que nous avons
triōm—phe, aurō—re, et lorsque l'accent
porte sur l'*e* muet, il le convertit en *eu*, ce
qui le dénature.

En musique, les cadences et le frappé; en
poésie, les *césures* avec la pause finale du
vers, et l'*accent* qui marque les pulsations
syllabiques; tout se réduit à la ponctuation

symétrique des phrases lyriques, qui les divise en *pieds*.

Qu'entend-on par pied dans notre poésie? Jusqu'ici on avait confondu les pieds avec les syllabes. La versification moderne dérive indirectement de la métrique ancienne et directement de la versification syllabique latine du moyen âge : de là cette tradition qui considère le pied comme une *combinaison dissyllabique*. M. Ducondut va nous donner la véritable valeur du pied :

« Le nombre des pieds dépend non pas de celui des syllabes ou de leur assemblage fortuit deux à deux, comme on le suppose, mais uniquement du nombre de toniques régulières et des pauses qui divisent le vers en le ponctuant à l'oreille. L'alexandrin, en réalité, peut être réduit à deux, quand il n'a que le repos de la césure, comme dans ce vers de Molière :

Que marmottez-vous là, — petite impertinente?

« Et dans ce vers de Piron, il peut y en avoir jusqu'à six, lorsqu'il est accentué sur toutes les syllabes paires :

L'Olym — pe voit — en paix — fumer — le mont — Etna. »

Voilà enfin une définition exacte qui nous fait sortir du faux et du vague.

Maintenant, appliquons le système de M. Ducondut; il va nous montrer dans quels écarts tombe la poésie moderne en s'alliant à la musique. Prenons la fameuse chanson de maître Adam.

Voici le premier couplet avec la ponctuation logique :

Aussitôt — que la lumière
A redoré — nos coteaux,

Je commence — ma carrière
Par visiter — mes tonneaux.
Ravi — de revoir — l'aurore,
Le verre — en main — je lui dis :
Vois-tu — sur la rive — more
Plus qu'en mon nez — de rubis ?

Soumettons ces vers à la ponctuation rhythmique :

Aussitôt — que la lumière
A redo — ré nos coteaux,
Je commen — ce ma carrière
Par visi — ter mes tonneaux.
Ravi de — revoir l'aurore,
Le verre en — main, je lui dis :
Vois-tu sur — la rive more
Plus qu'en mon — nez de rubis ?

Si vous ponctuez ces vers logiquement, vous détruisez la cadence, et vous écartelez le sens en suivant le rhythme. L'accent musical partage les mots *redo-ré*, *visi-ter*, s'appuie sur les monosyllabes *proclitiques :* *de, en, sur, mon,* et six fois sur huit, au milieu des vers, il tombe à contre-sens ou au rebours de l'accent logique. La prosodie y est estropiée avec le rhythme, comme au cinquième vers où la préposition féminine *de* vaut une blanche, à côté des toniques finales *ravi, revoir* qui ne valent qu'une croche ou quatre fois moins.

Appliquez ce procédé à nos vers lyriques, à nos chansons, vous trouverez les mêmes défauts : divorce complet entre la poésie et la musique.

Gérard de Nerval, qui *n'a jamais pu mordre au solfége*, dit-il lui-même, pensait que tout poëte ferait facilement la musique de ses vers, s'il avait quelque connaissance de la notation. Rousseau est cependant presque le seul qui, avant Pierre Dupont, ait mis en musique sa poésie. Cet écrivain si harmonieux, Gérard de Nerval, avait pressenti la réforme qu'annonce M. Ducondut ; il a composé quelques *odelettes rhythmiques et lyriques ;* mais il avait écrit les premières comme il le dit, sans songer à l'accord de la poésie et de la musique : son avant-dernière odelette, les *Cydalises :*

> Où sont nos amoureuses ?
> Elles sont au tombeau.
> Elles sont plus heureuses
> Dans un séjour plus beau.

lui est venue, dit-il, *malgré lui*, sous forme de chant ; il en avait trouvé en même temps les vers et la mélodie, qui a été trouvée très-concordante aux paroles. Cependant, d'après le système de M. Ducondut, nous remarquons deux fautes dans cette strophe : l'accent tombe dans le premier vers sur *nos*, proclitique, et dans le dernier sur *sé ;* le mot *séjour* est mutilé. Les deux vers du milieu sont exacts.

Il ne faut pas qu'un des deux arts domine l'autre, le tyrannise, et le système de Richard Wagner, l'auteur de *Lohengrin*, qui soumet entièrement la musique au rhythme poétique, peut avoir des inconvénients.

M. Ducondut veut mettre un terme à la division entre ces deux arts unis ensemble dès le berceau et qui, parmi nous, sont les *frères ennemis ;* en sorte que le musicien ; en donnant l'accolade au poëte, peut dire, comme Néron :

J'embrasse mon rival, mais c'est pour l'étouffer.

En réformant notre poésie chantée, le genre lyrique, le récitatif de la cantate et de l'opéra, l'ode et même les autres genres recevraient une salutaire influence. De l'accent rhythmique naîtrait l'*harmonie propre et constitutive* du vers, jusqu'ici confondue avec l'*harmonie mécanique* et *l'harmonie imitative* qui n'en sont qu'un accessoire ou qu'un accident.

C'est par le *rhythme* que nous trouverons une poésie que sa cadence musicale fera voler de bouche en bouche ; c'est par le rhythme uniquement que la poésie peut, comme aux temps primitifs, entrer dans l'oreille du peuple et le captiver.

Nous nous associons au vœu de M. Ducondut :

« Ayons, dit-il, ainsi que d'autres nations, des chants simples et *rhythmiques* pour l'enfance, dans les écoles, et un changement s'opérera bien vite ; mais tant que les vers chantés seront en guerre ouverte avec la cadence, et dérouteront sans cesse l'oreille, ne comptez pas que la musique devienne jamais populaire en France. Voilà pour notre littérature vieillie une perspective inaperçue qui s'ouvre devant elle et dans un avenir certain, qu'il ne tiendra qu'à nous de réaliser prochainement. Qu'une nouvelle école poétique s'élève, amie du beau pour la forme, comme pour le fond, et qu'elle soit *harmonique* et *rhythmique* pour l'oreille. »

Nous avons parcouru à grands pas l'introduction théorique qui forme la première partie du livre de M. Ducondut. Nous allons dire quelques mots de la deuxième partie, le *Manuel lyrique*.

C'est là que l'auteur a réuni dans cent cinquante couplets toutes les formules, la pratique des onze pieds élémentaires, les types des différents vers rhythmiques, au nombre d'environ soixante, péoniques premiers, deuxièmes, troisièmes, quatrièmes, choriambiques, dactyliques, anapestiques, amphibrachiques, crétiques, trochaïques, ïambiques et mixtes, avec leurs associations. Les vers s'y trouvent rangés d'après leur espèce et l'ordre des pieds, quadrisyllabes, trisyllabes, dissyllabes, ou combinés, et sont accompagnés de la notation métrique. L'auteur y avait ajouté la notation musicale, à laquelle des difficultés typographiques l'ont forcé de renoncer. Le Manuel est la partie la plus importante de l'ouvrage, celle que devront étudier les musiciens et les poëtes. En adoptant les termes de la métrique ancienne, M. Ducondut n'a pas voulu ressusciter la *quantité positive* des anciens que notre idiome nous refuse; ces noms métriques s'appliquent aux vers composés d'un nombre plus ou moins grand de syllabes faibles ou fortes.

Citons quelques pièces du *Manuel lyrique*:

Vers quadrisyllabes.

Péons 4es ◡ ◡ ◡ —

où l'accent tombe sur la quatrième syllabe:

Le fût du vin
Vide, au maillet

Répond, mais plein
Reste muet.
De tout souvent
Raisonne un sot,
Quand le savant,
Lui, ne dit mot.

Vers heptasyllabes.

Péons 3ᵉˢ ⌣ ⌣ — ⌣

où l'accent tombe sur la troisième syllabe :

Coupe pleine, que parfume
Doux bouquet, où l'aï fume,
Mousse, rit, blanchit d'écume,
Puis soudain franchit ses bords ;
C'est la vie en son ivresse
Qui fermente et bout sans cesse,
Feu, trop-plein de la jeunesse,
Qui s'épandent au dehors !

Vers dodécasyllabes.

Spondéo-dactyliques.

L'homme exploite, défriche, embellit la nature ;
Par son droit de conquête, il en est souverain.
Mais un champ qu'il néglige et le seul sans culture,
C'est son cœur, où l'ivraie étouffa le bon grain.

La troisième partie du livre (*les Préludes*) contient l'application en grand du système dans des pièces de vers de tous genres. Outre le rhythme, qui est toujours parfait, plusieurs de ces morceaux sont remarquables par la pensée et le tour.

Celui qui est intitulé *Alectrion*, ou la mission divine, renferme dans quelques strophes pleines de vérité une peinture juste et malicieuse du peuple français :

. . . .

Dieu, pour remplir son ministère,

> Le fit tout flamme, intelligent,
> Et lui donnant tête légère,
> Il le pétrit de vif-argent.
> L'esquif cent fois, lesté de liége,
> Aurait sombré contre l'écueil :
> La main divine le protége.
> La France échappe du cercueil.

> . . . .
> Mais c'est l'idée et la lumière
> Qu'il répand, torche ou fer en main ;
> Il va foulant la terre entière,
> Ma¹s en semeur du genre humain.
> Le Nil aux sables qu'il inonde
> Porte l'engrais de son limon ;
> Couvrant l'Egypte, il la féconde,
> Et son ravage est la moisson.

> . . . .
> Alectrion pour tous travaille,
> Expérimente à ses dépens ;
> Et, vain, reçoit, vaille que vaille,
> Son vain salaire, un grain d'encens.

Il faut citer les pièces intitulées : *le Travail*, *le Cimetière*, *le Mortel heureux*, *Psyché et le Papillon*, *le Corbillard* et surtout *l'Epilogue*, joli morceau de poésie où l'auteur raconte en vers les transformations de la poésie et du rhythme.

Dans toutes ces pièces, il y a de l'esprit, du trait, un fond gaulois ; mais la forme en est trop souvent archaïque. Ce qui est surtout remarquable, c'est la science de la versification qui y est poussée jusqu'à ses dernières limites, et c'est dans cette partie du livre qu'il faut aller apprendre, par l'exemple, les mystères du rhythme.

Dans cet exposé rapide, nous n'avons pas pu faire connaître toute l'érudition qui déborde de ce livre ; et cependant on ne voit dans cette science de bon goût aucun étalage, tout est traité avec simplicité. OEuvre d'un ancien professeur, ce livre est exempt de pédanterie. L'Université, souvent décriée, accusée de ne vivre que des traditions classiques, de n'oser jamais sortir des routes battues, se voit en quelque sorte réhabilitée par un de ses membres qui prend hardiment le rôle du réformateur. Le style de M. Ducondut est comme ces arbres pleins de séve, auxquels il ne manque pas une branche, pas une feuille, mais qu'il faut regarder bien attentivement pour en suivre les différentes ramifications, tant il est compacte, serré, touffu. A travers ce feuillage si riche, si luxuriant, on voudrait voir plus souvent des éclaircies. Quoi qu'il en soit, c'est l'œuvre d'une intelligence d'élite, d'un artiste, d'un vrai savant, œuvre de révélation qui trouvera des apôtres ; et dès à présent l'auteur peut dire avec Virgile :

Non canimus surdis, respondent omnia sylvæ.

Gustave Dugat.